Analyse d'œuvre

Rédigé par Lucile Lhoste

Sous la direction de Niels Thorez

Le Dernier jour d'un condamné

de Victor Hugo

Profil Littéraire

VICTOR HUGO

- Né en 1802 à Besançon
- Mort en 1885 à Paris
- **Quelques-unes de ses œuvres :**
  - *Hernani* (pièce de théâtre, 1830)
  - *Les Contemplations* (recueil de poèmes, 1856)
  - *Les Misérables* (roman, 1862)

Victor Hugo est l'un des plus grands noms de la littérature française. Écrivain romantique du XIXe siècle, il commence à écrire dès l'enfance et publie son premier recueil de poèmes, *Odes*, en 1822. Dramaturge, poète et romancier, il s'exprime dans tous les champs de la littérature et signe de nombreux classiques tels qu'*Hernani* – qui a donné son nom à une célèbre « bataille » entre classiques et romantiques –, *Les Contemplations* ou encore *Les Misérables*. À travers son œuvre et son action, il s'engage aussi en politique et sur de grandes questions sociales – les injustices, la misère, la peine de mort, etc. –, ce qui lui vaut d'ailleurs un exil forcé de 1851 à 1870, après qu'il a dénoncé le coup d'État de Louis-Napoléon Bonaparte (empereur des Français, 1808-1873).

Marié à Adèle Foucher (1803-1868), avec laquelle il a eu cinq enfants, Victor Hugo est particulièrement marqué par la mort de sa fille Léopoldine (1824-1843), survenue en 1843. Certains voient d'ailleurs dans cet événement la raison de sa longue inactivité littéraire (et non politique) au cours des années suivantes : *Les Contemplations*, qui contiennent notamment les poèmes dédiés à la mémoire de sa fille (dont

« Demain, dès l'aube... ») ne sont en effet publiées que 13 ans après le drame. Victor Hugo n'en reste pas moins un auteur extrêmement prolifique, dont l'aura s'est largement prolongée au-delà de son siècle.

LE JOUR DERNIER D'UN CONDAMNÉ

- **Genre** : roman
- **1ʳᵉ édition** : 1829
- **Édition de référence** : *Le Dernier Jour d'un condamné*, Paris, Gallimard, 2017.
- **Personnage principal** :
  - Le condamné à mort (non nommé), narrateur du roman, tient le « journal de [ses] souffrances » (p. 52) depuis son cachot, et jusqu'à son exécution sur l'échafaud.
- **Thématiques principales** : le réquisitoire contre la peine de mort, l'univers carcéral, le monologue intérieur, le spectacle de la mort.

Véritable plaidoyer contre la peine de mort, *Le Dernier Jour d'un condamné* a été écrit en 1829, en réaction au macabre spectacle qu'offraient alors les bourreaux sur la place de Grève (aujourd'hui place de l'Hôtel-de-Ville à Paris). Scandalisé par l'absence de remords d'une société qui verse ainsi le sang sans se poser plus de questions, Victor Hugo y met en scène un homme tout juste condamné à mort et longtemps torturé par des pensées sinistres, dans l'attente de son exécution.

Ce n'est que trois ans après la première publication, en 1832, que l'écrivain dote son roman d'une nouvelle préface qui définit explicitement l'œuvre en tant que réquisitoire et, par là même, en renforce l'argumentaire. Le condamné, aussi anonyme que possible, symbolise bien l'absurdité du sort de ces hommes et de ces femmes qui ont à subir non seulement l'exécution, mais aussi, au préalable, une longue et pénible période de sursis.

Le Dernier Jour d'un condamné n'est pas le seul ouvrage au sein duquel Victor Hugo se prononce contre la peine de mort : celui-ci trouve son prolongement dans *Claude Gueux*. Ce bref roman, qui paraît en 1834, est l'occasion pour l'auteur de dépeindre une autre figure de bagnard, également condamné à mort après avoir tué le gardien-chef de sa prison. Et si le romancier y réprouve encore la peine de mort, il s'évertue aussi à explorer plus avant les raisons qui peuvent pousser un homme à commettre un crime, ainsi qu'à sonder le mal tel qu'il s'enracine dans la société.

LA VIE DE VICTOR HUGO

Portrait de Victor Hugo, photographié en 1884 par Nadar (écrivain et photographe français, 1820-1910).

LE GÉNIE ROMANTIQUE

Victor Hugo naît le 26 février 1802, à Besançon. « Ce siècle avait deux ans », se souvient plus tard le poète dans ses *Feuilles d'automne* (1831). Fils d'un général d'Empire, il voyage beaucoup durant son enfance, au gré des affectations de son père : en Italie, en Espagne, etc. Vers 1813, il accompagne sa mère à Paris, lorsque ses parents se séparent. Il entre alors à la pension Cordier où, en autodidacte, il déploie ses premiers talents littéraires.

À 14 ans, son ambition est déjà immense : « Je veux être Chateaubriand [écrivain et homme politique français, 1769-1848] ou rien », écrit-il dans un journal. En 1817, il participe à un concours de poésie et obtient une mention de la prestigieuse Académie française. Il suit encore les cours du lycée Louis-le-Grand, mais en dépit de réelles aptitudes pour les mathématiques et les sciences, il décide de se consacrer à la littérature. Avec ses frères, Abel (militaire et essayiste français, 1798-1855) et Eugène (écrivain français, 1800-1837), il fonde *Le Conservateur littéraire*, revue qui ne survit que quelques années, mais attire déjà l'attention sur son talent. Puis c'est avec la publication des *Odes*, en 1822, qu'il connaît véritablement son premier succès. La même année, il épouse Adèle Foucher, amie d'enfance et mère de leurs cinq enfants.

Victor Hugo s'engage ensuite sur la voie du romantisme. En 1827, il publie *Cromwell*, pièce réputée injouable et précédée d'une préface éclatante qui définit le drame romantique en rompant avec les traditions classiques. Dès cette année, son appartement de la rue Notre-Dame-des-Champs devient un haut lieu de rassemblement pour le « cénacle », un groupe d'artistes et poètes qui participe à l'éclosion de cette nouvelle mouvance. Il est constitué de militants romantiques tels que Charles Nodier (1780-1844), Alfred de Vigny (1797-1863), Honoré de Balzac (1799-1850), Gérard de Nerval (1808-1855), Théophile Gautier (1811-1872), etc.

En 1828, Hugo assiste au ferrement des forçats à Bicêtre (Val-de-Marne) ; une scène contée dans *Le Dernier Jour d'un condamné*, publié l'année suivante. En 1830, Victor Hugo vit encore une année extrêmement décisive, puisque la première représentation du drame romantique *Hernani* est donnée à la Comédie-Française, bastion des classiques. La pièce constitue alors le socle d'une grande bataille intellectuelle – la bataille d'Hernani – entre les classiques et les romantiques, partisans d'une révolution de l'art dramatique.

Mais bientôt le cénacle se disperse, tandis que le couple Hugo, déjà fragilisé par la liaison d'Adèle avec Charles-Augustin Sainte-Beuve (critique et écrivain français, 1804-1869), souffre également des nombreuses relations qu'entretient Victor Hugo, notamment avec la comédienne Juliette Drouet (1806-1883), que l'auteur rencontre en 1833, et dont il reste proche jusqu'à la mort de cette dernière. Avec Alexandre Dumas père (écrivain français, 1802-1870), il crée le théâtre de la Renaissance – encore actif aujourd'hui –, qui inaugure sa programmation avec la création de *Ruy Blas*, en 1838. Après plusieurs tentatives infructueuses, Victor Hugo finit par entrer à l'Académie française en 1841.

C'est deux ans plus tard, en 1843, que se produit ce qui est sans doute le plus grand drame de sa vie : sa fille Léopoldine et son gendre, Charles Vacquerie, à peine mariés, se noient à Villequier (Normandie) lors d'une balade en barque. Cette mort brutale l'affecte d'autant plus terriblement qu'il a déjà été fragilisé professionnellement par l'échec de son dernier drame : *Les Burgraves (1843).*

À compter de ces événements et pendant plusieurs années, Victor Hugo s'illustre surtout au plan politique. Nommé pair de France – il siège donc au Parlement – dès 1845, il intervient notamment à la chambre haute en faveur de la Pologne, puis contre la peine de mort et l'injustice sociale. Maire du 8e arrondissement, puis député de Paris, il soutient résolument la candidature de Louis-Napoléon Bonaparte aux élections de 1848, avant de se retourner plus tard contre lui. En effet, il compte parmi les résistants, lorsque Bonaparte, en violation du principe de non-rééligibilité, refuse de quitter le pouvoir à l'issue de son mandat. Hugo combat alors le césarisme – forme autoritaire du pouvoir –, tentant aussi vainement de soulever le peuple de Paris. Cette opposition lui vaut l'obligation de s'exiler à l'étranger, pendant pratiquement 20 ans.

Durant cette période, il réside successivement à Bruxelles (1851-1852), puis à Jersey (1852-1855) et Guernesey (1855-1870), îles anglo-normandes d'où il recommence à écrire. À travers son *Histoire d'un crime* (publié seulement en 1877) et son pamphlet *Napoléon le Petit* (1852), il condamne violemment le coup d'État du 2 décembre 1851 et son auteur. Il poursuit encore dans cette voie avec la composition et la publication des *Châtiments* (1852), dont les vers clament sa haine et son mépris envers Napoléon III. C'est également pendant son exil qu'il compose et parfait quelques-unes de ses plus grandes œuvres : en 1856, il fait paraître *Les Contemplations* tandis qu'en 1862, il achève et fait publier (à Bruxelles) *Les Misérables*, monument de la littérature romanesque. Il y dépeint les vies miséreuses de Jean Valjean, Cosette ou Gavroche, encore et toujours engagé contre la misère – il avait déjà prononcé un célèbre discours contre la misère en 1849 à l'Assemblée nationale, en soutien à une proposition de nouveaux moyens de lutte contre le paupérisme.

LES DERNIÈRES ANNÉES EN FRANCE

Entre 1851 et 1870, Victor Hugo entreprend plusieurs voyages avec Juliette Drouet, mais reste maritalement lié à Adèle Foucher, qui meurt en 1868. De retour en France en 1870, il recommence à publier ses œuvres dans son pays d'origine et, élu député en 1871, reprend aussi une carrière politique. Mais il connaît encore de grands bouleversements dans sa vie personnelle, puisqu'en l'espace de deux ans, ses fils Charles (1871) et François-Victor (1873) décèdent, tandis que sa fille Adèle, dont l'état mental vacille depuis longtemps, est internée. Elle sera néanmoins la seule de ses enfants à lui survivre, son premier fils, Léopold (1823), étant quant à lui décédé quelques mois après sa naissance.

Les dernières années sont encore caractérisées par la

profusion littéraire. Elles donnent notamment lieu à la publication *in fine* d'*Histoire d'un crime* (1877), à la parution en trois séries (1859, 1877 et 1883) de *La Légende des siècles*, recueil monumental de poèmes, ainsi qu'à celle du roman historique *Quatrevingt-treize* (1874). Victor Hugo prononce encore, après avoir été élu sénateur, deux discours en faveur de l'amnistie des « communards » (nom donné aux insurgés s'étant révoltés contre le gouvernement pendant la Commune de Paris, en 1871) ; amnistie qui finit par être totalement prononcée en 1880.

En mai 1885, Hugo est victime d'une congestion pulmonaire qui le conduit à la mort moins d'une semaine plus tard. En raison de son immense popularité, tant littéraire que politique, des obsèques nationales sont décidées à la quasi-unanimité ; de nombreux hommages lui sont alors rendus, et l'écrivain est finalement inhumé au Panthéon. En vertu de ses volontés testamentaires, les parutions se poursuivent après sa mort : Victor Hugo a en effet laissé derrière lui divers textes, notes, lettres, pièces et autres cahiers de voyages, publiés à titre posthume au cours des XIXe et XXe siècles. Son œuvre entière a laissé une empreinte ineffaçable dans le patrimoine littéraire français.

RÉSUMÉ DU *DERNIER JOUR D'UN CONDAMNÉ*

UN LONG SÉJOUR À LA PRISON DE BICÊTRE

La prison de Bicêtre, 1880.

Le procès a débuté depuis trois jours, suivi par toute la population parisienne. Lui, le prévenu, prostré dans son cachot, n'a pas pu dormir tant il est terrorisé par l'attente du jugement.

Et le troisième jour, par une belle matinée d'été, le guichetier vient lui annoncer qu'il doit se rendre à la salle des assises pour entendre sa sentence. Là, en dépit de l'assurance de son avocat, des rires et des rayons du soleil qui percent par la fenêtre, il est finalement condamné à mort ; à l'annonce du verdict, une sueur froide s'empare de tout son corps. Dès lors, comme une jeune fille le dit dans la rue et comme il le calcule lui-même un peu plus tard, il ne lui reste plus que six semaines à vivre...

Voilà maintenant cinq semaines que le greffier a pris la parole et lu le verdict des jurés ; cinq semaines que le narrateur du roman n'a plus qu'une seule pensée en tête : « Condamné à mort ! » (p. 39) À la prison de Bicêtre, où il a été transféré, il est traité avec certains égards. Il se fait aux habitudes du pénitencier, sympathise avec d'autres détenus et découvre avec eux l'argot des prisons.

Surtout, il se met à écrire un « journal de [ses] souffrances », l'« autopsie intellectuelle d'un condamné » (p. 52), et à rédiger un testament – même s'il n'a que peu de possessions à léguer. Il a l'espoir qu'un jour, ce journal, qu'il a décidé d'écrire jusqu'au « moment où il [lui] sera physiquement impossible de continuer » (p. 52), puisse faire comprendre à ses bourreaux les souffrances – notamment psychologiques – qu'ils ne soupçonnent pas et qu'endurent pourtant les condamnés à mort. C'est pour cela qu'il entreprend de décrire le vide de sa petite cellule, cette boîte de pierre où n'importe qui peut venir le contempler, telle une bête de foire, moyennant quelques pièces glissées au geôlier. Un cachot où il découvre aussi avec horreur, gravés sur les murs, les noms – illustres ou inconnus – de ceux qui sont passés là avant lui et ont connu le même sort.

Un jour, le condamné est gracieusement conduit par le guichetier dans une petite cellule vide d'où il est lui possible d'assister au ferrement des forçats. Ces « chiourmes », sous les yeux des autres prisonniers et de quelques curieux de Paris, subissent la visite des médecins dans la cour de la prison, reçoivent de nouveaux habits et sont finalement mis aux fers avant leur départ pour le bagne de Toulon (Var). Mais lorsque ces misérables le reconnaissent – lui, le condamné à mort – et que tous les yeux se tournent vers lui, il s'évanouit.

À son réveil, c'est par la fenêtre de l'infirmerie qu'il voit les forçats quitter la prison, enchaînés les uns aux autres à bord de charrettes, sous les cris et les insultes. Aux yeux du condamné, leur sort paraît encore mille fois moins enviable que le sien : ces hommes étant voués aux galères, leur calvaire ne fait que commencer, quand le sien est tout près de prendre fin.

Il est néanmoins pris dans une contradiction permanente : tantôt, il préfère son sort à celui des galériens, tantôt il rêve de s'évader pour éviter la guillotine. Abattu, il entend soudain s'élever à sa fenêtre la voix douce d'une adolescente qui chante une sinistre complainte sur les thèmes du crime et de la mort : « Ah ! qu'une prison est quelque chose d'infâme ! Il y a un venin qui y salit tout. » (p. 79)

Le jour suivant, le condamné sent le vent tourner. Le gardien de sa cellule se montre étonnamment prévenant tandis que le directeur de la prison en personne vient lui rendre visite et l'appelle respectueusement *monsieur*. Ses soupçons sont rapidement confirmés par les arrivées d'un prêtre et d'un messager du procureur général : le pourvoi en cassation qu'il a introduit pour tenter de gagner du temps a été rejeté. C'est donc pour aujourd'hui : il partira moins d'une heure plus tard et sera exécuté dans la journée sur la place de Grève.

Comme les galériens, le condamné est emmené dans une voiture sous bonne escorte. Mais contrairement à eux, il est le seul prisonnier à bord de son véhicule. C'est donc aussi seul qu'il doit endurer la curiosité de la foule et le bavardage ordinaire de ceux qui l'accompagnent – un huissier et un prêtre – et semblent ne pas comprendre à quel point ce jour est grave... À son arrivée à la Conciergerie (le bâtiment qui abrite le Palais de justice), il est placé dans une petite pièce attenante au bureau du directeur, où il passe un long moment en compagnie d'un autre condamné.

Cet homme-là lui conte son infâme histoire ; récidiviste condamné à mort, il est maintenant dans la posture qui était celle du narrateur six semaines auparavant. Mais le fossé est grand entre les deux prisonniers, tant celui-là est d'un enthousiasme peu commun dans une telle situation. Il ne peut d'ailleurs s'empêcher de rire et de se réjouir, lorsque tous deux échangent leurs vestes : en effet, il sait que grâce à la vente de celle qu'il vient d'obtenir, il aura du tabac pour les six semaines à venir.

Encore placé provisoirement dans une petite cellule, le condamné est plus tourmenté que jamais. Il pense à sa petite Marie, qui va bientôt être orpheline, songe à sa mort imminente et se souvient de la place de Grève, qu'il a déjà entrevue une fois et qu'il s'apprête à bientôt revoir. À cet instant, il espère encore une grâce ou une condamnation à perpétuité, pourvu qu'il puisse vivre ! Tout à son malheur, il rejette l'aide du prêtre qui tente pourtant d'apaiser ses derniers moments. Autour de lui, tous paraissent indifférents à son sort : l'aumônier qui est censé le consoler, l'architecte en visite et le gendarme naïf qu'il tente encore vainement d'abuser pour s'évader. Les souvenirs heureux de sa jeunesse s'entremêlent en lui aux appréhensions. Il finit par réclamer sa fille à grands cris, mais cette ultime rencontre est loin de se dérouler selon ses espérances : Marie ne le reconnaît même pas, l'appelle à son tour *monsieur* et rejette ses marques d'affection : « Quoi ! déjà effacé de cette mémoire, la seule où j'eusse voulu vivre ! » (p. 126)

Tout est désormais fini pour lui. Le condamné se sent prêt à affronter la foule, haineuse et joyeuse, à affronter la place de Grève et son châtiment. On l'emmène enfin à l'hôtel de ville, où il rencontre ses bourreaux ; ceux-là coupent soigneusement ses cheveux et l'attachent pour son dernier trajet.

Toujours accompagné du prêtre, il est conduit vers l'écha-faud, écœuré par ce mélange atroce de cris, de haine et de voyeurisme dont fait preuve la foule qui s'amasse. Lorsque sa voiture s'arrête, il réclame encore de pouvoir écrire ses dernières volontés et supplie le juge de lui accorder un répit – sa grâce peut encore venir ! Mais le bourreau presse le juge, et cette dernière demande est ignorée. Quatre heures : c'est sur une ultime pensée laissée inachevée – actant son passage sous la guillotine – que son dernier jour prend fin.

L'ŒUVRE EN CONTEXTE

UNE GRANDE INSTABILITÉ POLITIQUE

Au XIXe siècle, la France connaît une période d'extrême instabilité politique ; s'y succèdent en effet pas moins de sept régimes distincts :

- le Consulat (1799-1804) ;
- l'Empire (1804-1814) ;
- la Restauration (1814-1815, puis 1815-1830), brièvement entrecoupée par l'épisode des Cent-Jours, qui signe la dernière période de règne de Napoléon Ier ;
- la Monarchie de Juillet (1830-1848) ;
- la Seconde République (1848-1852) ;
- le Second Empire (1852-1870) ;
- la Troisième République (1870-1940).

Mais de 1800 à 1900, cette alternance de régimes, tantôt autoritaires et tantôt libéraux, ne saurait dissimuler un large mouvement populaire de reconquête du gouvernement démocratique, instauré par la Révolution de 1789, avant d'être remplacé par un pouvoir dictatorial.

Sous la Seconde Restauration, la souveraineté des Bourbons est rétablie, mais doit s'exercer dans le cadre d'une monarchie constitutionnelle, limitée par la Charte de 1814, qui vise à conserver de nombreux acquis de la Révolution et de l'Empire. Surtout, la pérennité du régime souffre de l'incapacité de Louis XVIII (roi de France, 1755-1824), puis de Charles X (roi de France, 1757-1836) à recréer l'unité du pays. Celui-ci est ainsi fragilisé par les luttes intestines et les conflits qui opposent durablement les ultraroyalistes, défenseurs de l'idéologie absolutiste, et les libéraux, qui réclament un élargissement des libertés déjà garanties par la Charte.

C'est à la suite d'une longue période d'agitation ministérielle et parlementaire que Charles X tente un coup de force constitutionnel avec les ordonnances de Saint-Cloud (1830) : celles-ci restreignent les droits de la presse et dissolvent la Chambre des députés tout juste constituée. Le roi déclenche alors la colère du peuple parisien, qui se soulève, élève des barricades dans les rues de la capitale et affronte les forces armées au cours des « Trois Glorieuses » – du 27 au 29 juillet 1830 –, journées de révolution populaire qui forcent le roi à abdiquer et à s'exiler.

Ces événements inspirent aussitôt le peintre Eugène Delacroix (1798-1863), dont la toile *La Liberté guidant le peuple* (1830) a elle-même probablement inspiré quelques scènes et personnages des *Misérables*.

La Liberté guidant le peuple, peinture de 1830 d'Eugène Delacroix qui commémore les « Trois Glorieuses ».

COMBATS ROMANTIQUES

Au cours de ce siècle, bon nombre d'écrivains romantiques se sont engagés dans la lutte politique, à travers leurs œuvres et leurs actions : Alfred de Vigny se présente par exemple à la députation en Charente, tandis qu'Alphonse de Lamartine (poète et homme politique français, 1790-1869), déjà nommé député, devient chef du gouvernement provisoire de la République en 1848. Victor Hugo est quant à lui nommé pair de France, puis élu député. Ainsi, à l'instar du Chateaubriand des *Mémoires d'outre-tombe* (1848-1850), de nombreux poètes romantiques se considèrent souvent investis d'une mission politique et sociale, qui transparaît d'ailleurs clairement à chaque page du *Dernier Jour d'un condamné*.

Dès la deuxième moitié du XVIIIe siècle, « siècle des Lumières », Jean-Jacques Rousseau (écrivain et philosophe francophone, 1712-1778) et les auteurs préromantiques ont concouru à la libération progressive de la sensibilité en resituant notamment l'écrivain au cœur d'œuvres d'inspiration autobiographique. En France, François-René de Chateaubriand constitue sans doute le véritable initiateur du romantisme et le précurseur du fameux « mal du siècle » – cette expérience de la douleur, de l'ennui, de l'inquiétude et de la désespérance, indissociable de la condition humaine –, dans lequel se reconnaissent après lui bon nombre de figures romantiques, jusqu'à l'émergence du spleen baudelairien.

Ainsi, bien qu'il soit marqué par quelques grandes dates – comme la publication des *Méditations poétiques* (1820) de Lamartine –, le romantisme s'impose dans la durée, au fil de grands combats menés à l'encontre des principes esthétiques et moraux du classicisme dans quelques célèbres manifestes tels que le pamphlet de Stendhal (écrivain français, 1783-1842) *Racine et Shakespeare* (1823-1825) et la préface de *Cromwell*, ou sur la scène, comme en 1830 avec la « bataille d'Hernani ». Partout, ce mouvement s'introduit alors : il réaffirme la prééminence de l'imagination et de la sensibilité sur la raison classique et promeut aussi le lyrisme personnel ainsi que l'exaltation du moi. Stendhal, Balzac ou George Sand (1804-1876) l'incarnent dans quelques chefs-d'œuvre romanesques. En peinture, Théodore Géricault (1791-1824) – *Le Radeau de la Méduse* (1819) – et Eugène Delacroix en sont peut-être les plus illustres représentants tandis que la musique romantique reconnaît ses grands maîtres en Hector Berlioz (1803-1869) et Frédéric Chopin (1810-1849).

HUGO ET LA PEINE DE MORT

Mise en place dès 1792 – avec la mise à mort du voleur Nicolas-Jacques Pelletier –, l'exécution par guillotine est encore fréquemment utilisée, lorsque germe l'idée d'écrire *Le Dernier Jour d'un condamné* dans l'esprit de Victor Hugo.

À cette date, les partisans de son abolition ont déjà présenté sur la scène politique des arguments tels que celui de la cruauté d'un châtiment par lequel la société, via le bourreau, inflige paradoxalement à un homme ce pour quoi, dans bien des cas, elle l'a elle-même condamné. Et malgré les critiques de certaines personnalités (outre Victor Hugo, Lamartine a par exemple été l'auteur d'un long poème contre la peine de mort dans son recueil *Odes politiques*, 1830-1832, et a également plaidé contre à la Chambre des députés), le pouvoir n'est pas encore résolu à la proscrire. Or d'aucuns, dont La Fayette (1757-1834) et Victor Destutt de Tracy (1781-1864), entre autres hommes politiques, défendent aussi l'abolition à la Chambre dans les années entourant la publication du roman. Il faudra pourtant attendre encore près de 20 ans pour que les premiers mouvements se produisent, avec une abolition partielle pour les crimes liés à la politique.

Dans la préface de 1832, Hugo introduit l'idée qu'outre son profond dégoût à l'égard de la guillotine, c'est aussi un fait divers précis qui a motivé la rédaction du *Dernier Jour d'un condamné* : « Un jour enfin, c'était, à ce qu'il croit, le lendemain de l'exécution d'Ulbach, il se mit à écrire ce livre. » (p. 147) Il s'agit très probablement ici de la mise à mort d'Honoré Ulbach, guillotiné le 10 septembre 1827 après le meurtre d'Aimée Millot, une bergère de 19 ans qui l'a éconduit. Le caractère désespéré de cet acte n'a cependant pas permis à l'avocat du jeune homme de plaider la démence ni de lui éviter la condamnation à mort, prononcée le 27 juillet 1827. Ainsi, comme le condamné du roman, son pourvoi en cassation a été rejeté, les divers délais administratifs lui ont laissé un délai de six semaines avant son exécution tandis que cette dernière a suivi peu ou prou le même canevas que dans *Le Dernier Jour d'un condamné* : Ulbach a été emmené à la Conciergerie à 7 h 30 et a été exécuté à 16 h.

Cette affaire marque fortement Paris, au point que plusieurs autres œuvres évoquent celle qu'on appelle désormais « la bergère d'Ivry » :

- une *Complainte sur l'assassinat de la jeune bergère d'Ivry* dès 1827 ;
- le roman *La Bergère d'Ivry*, par Octave Féré (écrivain et journaliste français, 1815-1875) en 1865 ;
- deux adaptations théâtrales, en 1839 par Gabriel de Lurieu (1799-1889) et Michel Delaporte (1806-1872), et en 1866 par Eugène Grangé (1810-1887) et Lambert-Thiboust (1827-1867) ;
- en 1913, un court-métrage de Maurice Tourneur (réalisateur français, 1876-1961) ;
- elle est également brièvement mentionnée dans *Les*

Misérables, quand un passant cite ce meurtre devant le personnage de Marius.

En France, la peine de mort n'a été abolie qu'en 1981, à la suite d'un projet de loi présenté par Robert Badinter (homme politique français, né en 1928), alors garde des Sceaux.

ANALYSE DES PERSONNAGES

LE CONDAMNÉ

Le narrateur du roman est un homme condamné à mort pour un crime dont la nature exacte n'est jamais dévoilée au lecteur : nous savons seulement qu'il s'agit d'un crime de sang, et que les juges ont sans doute retenu un caractère de préméditation.

Jamais ni son nom, ni son âge, ni ses caractéristiques physiques ne sont révélés. Tout juste sait-on qu'il avait une vie tout à fait satisfaisante avant de commettre son crime, qu'il est marié à une femme à la santé apparemment fragile, qu'il a encore sa mère et qu'il est lui-même le père d'une petite fille. Cette dernière, prénommée Marie, a 2 ans lorsqu'il est arrêté : il ne la revoit qu'un an plus tard, quelques heures avant son exécution. Comme il nous confie quelques souvenirs, nous savons encore qu'il a connu, dans sa jeunesse, ce qui semble être sa première histoire d'amour avec une jeune Andalouse de 14 ans : Pepa. Un chapitre (XLVII) est bien censé nous raconter son histoire, mais ces feuillets, perdus ou inexistants, ne sont pas retranscrits.

Malgré la gravité dont son crime semble être empreint, le condamné, dupé par l'aplomb de son avocat, ne réalise pas tout de suite qu'il peut être mené à la guillotine. Faisant tout d'abord preuve d'optimisme, il se refuse à imaginer le pire, d'autant que la journée est trop belle et ensoleillée pour qu'on y prononce une sentence de mort. Toutefois, dès lors qu'il apprend que le couperet l'attendra six semaines plus tard, un brusque changement s'opère en lui. Il est maintenant obsédé par la pensée de son exécution prochaine et ne vit plus qu'en spectateur, anxieux à l'idée d'affronter la mort. Mais en dépit de son abattement et de son désespoir, il lui arrive encore de faire preuve de cynisme et de recourir au sarcasme, élan ultime et fébrile de sa rébellion. C'est le cas, par exemple, lorsqu'il voit que l'on vend des places pour assister à son exécution et qu'il a envie de crier à la foule : « Qui veut la mienne ? » (p. 136)

Depuis son cachot, le condamné se pose en observateur de sa propre fin de vie, des habitudes de la prison et des rouages du système judiciaire. Et s'il nous apparaît généralement plutôt résigné, son calme est ébranlé chaque fois que la réalité de son sort lui apparaît de façon plus évidente. C'est le cas quand le messager du procureur général lui signifie l'imminence de son passage à la guillotine.

Une fois le choc passé, le condamné semble soudain se ranimer. Il n'a dès lors plus qu'une idée en tête : échapper à la mort par la fuite (« Un moyen de fuir, mon Dieu ! un moyen quelconque ! Il faut que je m'évade ! il le faut ! sur-le-champ ! par les portes, par les fenêtres, par la charpente du toit ! quand même je devrais laisser de ma chair après les poutres ! », p. 84) ou par la grâce. Il démontre alors sa débrouillardise et use de divers stratagèmes pour échapper à son sort : il tente notamment de convaincre un surveillant de changer d'habits avec lui dans les dernières heures de sa captivité. Dans un accès de désespoir, il demande encore sa grâce dans les dernières minutes de son calvaire.

Il semble exister très peu de personnes importantes à ses

yeux, ou pour lesquelles il a au moins quelque estime. Parfois, il ne réalise que trop tard combien une simple présence peut revêtir une importance particulière : ainsi, c'est seulement quand le gardien de sa cellule cède sa place à un autre qu'il comprend combien sa compagnie avait quelque chose de rassurant. Mais c'est surtout la visite de Marie, sa fille, qui le bouleverse.

Cette rencontre a lieu alors que le condamné attend d'être emmené sur la place de Grève et qu'il s'interroge sur ce qu'il laissera au monde. Étant données les santés fragiles de sa mère et de sa femme, il imagine et espère que la jeune Marie sera celle qui se souviendra de lui après sa mort. Son désespoir est alors manifeste, lorsqu'il réalise que non seulement la fillette ne le reconnaît pas – elle l'appelle *monsieur* –, mais encore qu'elle pense que son père est déjà mort. Et en dépit de ses efforts, Marie le rejette. Cet acte brise « la dernière fibre de [son] cœur » (p. 129), le peu d'espoir qu'il avait de laisser une trace de lui sur terre. Ainsi comprend-il définitivement que plus rien ne le retient.

Dans le récit de Victor Hugo, anonyme, le prisonnier doit pouvoir être identifié à tous les condamnés ayant subi un sort similaire. C'est pourquoi il revêt une portée extrêmement symbolique. Parce qu'il est, malgré lui, le héros du roman, nous pouvons nous prendre à espérer qu'il réchappe à la guillotine ; mais pour atteindre à son plus haut degré d'efficacité, le réquisitoire hugolien ne peut lui permettre de se soustraire à la justice et à l'application terrible de sa peine. À nos yeux, s'il a commis un crime de sang, il reste avant tout un être humain avec ses états d'âme, ses doutes et ses attaches – même peu nombreuses ; la société se permet pourtant de lui donner une mort sanglante, c'est-à-dire exactement ce pour quoi elle l'a soumis à la peine capitale...

LE MONDE JUDICIAIRE ET CARCÉRAL

Bon nombre de personnages issus du monde judiciaire gravitent autour du condamné – greffier, juges, jurés, procureur général, etc. – et c'est aussi par contraste avec eux que nous pouvons réaliser à quel point celui-ci est déjà hors du monde : de fait, ceux-là mènent une vie tout à fait normale, qui ne paraît guère ébranlée par le sort du condamné. L'avocat, par exemple, sort tout juste d'un bon repas lorsqu'il se présente dans la salle où est rendu le verdict de son client. En route vers la place de Grève, l'huissier, dont la tabatière tombe malencontreusement, est bien incapable de mesurer l'écart qu'il y a entre ses petits tracas et la mauvaise fortune du narrateur : « Pas de tabac jusqu'à Paris ! c'est terrible ! » se plaint-il (p. 91). Un fossé immense s'est creusé entre le condamné et le reste du monde pendant sa captivité. Leurs préoccupations respectives sont désormais bien loin les unes des autres.

Toutefois, par opposition à la haine et à la violence du peuple au-dehors, le personnel de la prison fait preuve d'une certaine humanité à l'égard du condamné et d'une relative bienveillance – en particulier au cours des premiers jours de sa captivité. Chacun assume son rôle avec diligence et professionnalisme, de manière à adoucir le sort du narrateur : on lui donne de quoi écrire, on lui permet de se promener dans la cour une fois par semaine, le geôlier lui propose d'assister au ferrement des forçats, le directeur vient le voir à plusieurs reprises (ce qui suscite néanmoins des angoisses chez le condamné, car ces visites ne sont jamais vraiment dues au hasard), le prêtre tente de le consoler tandis que les bourreaux font sa toilette avec soin, avant de l'amener à l'échafaud.

Ainsi, bien qu'ils conservent tous une certaine distance, ils semblent se soucier un peu du bien-être du condamné, comme s'ils se souvenaient qu'il est avant tout un être humain. Leurs actions le touchent d'ailleurs souvent, mais elles tombent aussi parfois à plat. Ainsi, quand le prêtre vient le voir à la Conciergerie, le condamné pense amèrement qu'il n'est jamais considéré que comme un numéro :

> « Mais ce bon vieillard, qu'est-il pour moi ? que suis-je pour lui ? un individu de l'espèce malheureuse, une ombre comme il en a déjà tant vu, une unité à ajouter au chiffre des exécutions. J'ai peut-être tort de le repousser ainsi ; c'est lui qui est bon et moi qui suis mauvais. Hélas ! ce n'est pas ma faute. C'est mon souffle de condamné qui gâte et flétrit tout. » (p. 108)

Tous ceux-là semblent ne pas souhaiter sa mort, mais ils ne font rien non plus pour soustraire le condamné à son triste sort...

LE PEUPLE

On le voit finalement peu, mais le peuple tel qu'il est dépeint dans le roman correspond assez fidèlement à ce que l'auteur a pu voir à son époque. À l'exception de quelques privilégiés, le peuple ne peut pas voir ce qu'il se passe dans la prison même. Le condamné le retrouve néanmoins sur son chemin chaque fois qu'il sort hors de ces sinistres murs : lorsqu'on l'emmène de la salle d'audience jusqu'à Bicêtre, lors de ses trajets le jour de l'exécution, dans les souvenirs d'avant son crime, etc.

Accoutumée à ce qui lui est présenté comme un spectacle, la foule n'a que sa haine à offrir au condamné, dont elle connaît tout juste le crime, rien de plus. Dans la plupart des cas, le condamné suscite la joie d'un peuple enthousiaste à l'idée d'assister à sa mort : la foule le suit, rit et trépigne, sans le moindre égard pour lui, sans prendre en compte ce qu'il peut ressentir. Si certains crient sur son passage – le condamné évoque des « cris d'hyène » (p. 140) –, lorsqu'il est transporté d'un endroit à un autre, d'autres font preuve d'une relative indifférence et se contentent de commenter froidement ce qu'il se passe, à l'instar de ce jeune journaliste qui se renseigne sur la toilette du condamné.

Outre sa véhémence, un détail qui frappe dans cette foule anonyme est que toutes les tranches d'âge y sont représentées : des jeunes gens, des vieillards, et même des enfants, parfois accompagnés de parents qui ne voient aucun problème à leur montrer les exécutions.

Le condamné sent immédiatement la barrière invisible qui le sépare désormais du peuple auquel il a pourtant appartenu. Cette barrière est à la fois physique – avec l'emprisonnement – et psychologique, bien qu'il lui arrive encore d'être en accord avec lui : ainsi, il admet lui-même que le spectacle de son exécution peut être savoureux à regarder (p. 87). Son ressentiment à l'égard du peuple n'atteint cependant son apothéose que bien plus tard, lors de l'ultime trajet vers la place de Grève. Sur la fin, il ne peut en effet plus tolérer ni ce regard voyeuriste, ni cet acharnement haineux : « Une rage m'a pris contre ce peuple » dit-il alors qu'il comprend qu'il n'est plus qu'une bête de foire à ses yeux (p. 136).

ANALYSE DES THÉMATIQUES

UN VÉRITABLE RÉQUISITOIRE

L'auteur ne s'exprimant jamais en son nom (et le narrateur lui-même ne se positionnant que rarement sur son propre châtiment), tout l'argumentaire du *Dernier jour d'un condamné* est subtilement introduit au fil des pages, à travers le récit même des derniers jours du condamné. Dès 1829, avant que Victor Hugo n'adjoigne une nouvelle préface au roman, l'œuvre renferme déjà le puissant venin sécrété par le romancier contre la peine de mort. Tout, dans l'exposé des sentiments du narrateur, dans la description des lieux qu'il traverse, dans celle des quelques personnages qu'il rencontre ou celle des événements qui se produisent autour de lui, concourt à remplir l'un de ses principaux objectifs littéraires et politiques, explicitement reformulé dans la préface de 1832 : « [L'auteur] déclare donc, ou plutôt il avoue hautement que *Le Dernier Jour d'un condamné* n'est autre chose qu'un plaidoyer, direct ou indirect, comme on voudra, pour l'abolition de la peine de mort. » (p. 144)

Le roman est donc à la fois un plaidoyer et un réquisitoire :

- d'une part, Victor Hugo défend une cause précise – l'abolition de la peine de mort –, en prenant la parole à la place du condamné, dépeint sous les traits d'une victime ;
- d'autre part, il accuse (plus ou moins explicitement) la justice et la société de permettre et même d'institutionnaliser ce que lui juge inadmissible.

De fait, en 1829, la justice condamne à mort pour une grande variété de crimes, allant du vol au meurtre en passant par la conspiration : la décapitation est ritualisée, transformée en un spectacle macabre qui réjouit la population. Toute l'argumentation consiste alors à démontrer que la responsabilité de cette hécatombe incombe tant à la justice, qui rend le verdict et applique la sanction, qu'à la société de manière générale, parce qu'elle laisse faire et s'abreuve du spectacle des exécutions. Une grande partie du réquisitoire repose dès lors sur l'argument de l'inhumanité de la condamnation et de la société vis-à-vis du condamné.

Les conditions carcérales sont également ciblées par le réquisitoire. Quelques mots suffisent à montrer à quel point Bicêtre est un endroit sinistre : « Je ne sais quoi de honteux et d'appauvri salit ces royales façades ; on dirait que les murs ont une lèpre. Plus de vitres, plus de glaces aux fenêtres ; mais de massifs barreaux de fer entrecroisés », décrit le condamné dès son arrivée (p. 48-49). À l'intérieur, le cachot mesure à peine « huit pieds carrés » (p. 56), et c'est tout juste si une petite ouverture dans la porte laisse passer un peu d'air extérieur. C'est pourtant là que le condamné espère longtemps bénéficier d'une grâce ; un espoir qui doit se heurter inévitablement à la fonction assignée au lieu lui-même : en effet, « [l]es condamnés à mort partaient ordinairement de Bicêtre, où après l'arrêt ils avaient été renfermés dans un sinistre cachot tout de pierre, qui s'appelait Chambre des morts. C'est là qu'on venait leur signifier le rejet de leur pourvoi en cassation [...] » (ALBOIZE DE PUJOL (Jules-Édouard) et MAQUET (Auguste), *Les Prisons de l'Europe*, Paris, Administration de librairie, tome 1, 1845, p. 331)

En outre, de nombreux épisodes du roman dénoncent l'absurdité de ce que le condamné traverse. Le trajet vers la Conciergerie ne fait pas exception : quand, dans la discussion, l'huissier le nomme « jeune homme » (p. 90), le condamné réplique qu'il vieillit actuellement bien plus vite que lui. Surpris, l'autre est alors incapable de comprendre que l'aberration réside moins ici dans les propos du condamné, que dans le châtiment qui lui est réservé : « Allons, vous voulez rire, plus vieux que moi ! je serais votre grand-père. » (p. 90), répond-il en semblant omettre qu'il conduit son interlocuteur vers l'échafaud. Des passages comme celui-ci, où la peine de mort apparaît seulement en filigrane, tendent encore à renforcer le réquisitoire en dénonçant tant son absurdité que son horreur.

Car les condamnés sont traités d'une façon atroce. Pour le narrateur, la justice n'a pas pris le temps de considérer l'humanité qui est encore la sienne, et l'horreur de son sort vient tant de la décapitation que de tous les tourments qui la précèdent :

> « Peut-être n'ont-ils jamais réfléchi, les malheureux, à cette lente succession de tortures que renferme la formule expéditive d'un arrêt de mort ? Se sont-ils jamais seulement arrêtés à cette idée poignante que dans l'homme qu'ils retranchent il y a une intelligence, une intelligence qui avait compté sur la vie, une âme qui ne s'est point disposée pour la mort ? Non. » (p. 52)

En les soumettant à l'enfermement et en les privant définitivement de tout aspect de leur vie d'avant, le verdict les plonge dans un océan de souffrances. C'est le cas psychologiquement, surtout, puisque le condamné passe principalement son temps à se tourmenter face à tout ce qu'il subit, mais aussi physiquement, puisqu'il passe par exemple par l'infirmerie après un évanouissement et ressent des douleurs lors de ses dernières heures : au sortir de la charrette, son corps semble d'ailleurs l'abandonner définitivement, et il chancelle vers l'échafaud.

Le condamné est pourtant un homme parmi les autres, encore capable de ressentir des émotions positives et d'apprécier les gens qui gravitent autour de lui ; il ne semble pas fondamentalement mauvais. Il laisse derrière lui une famille – bien que celle-ci ait fini par l'oublier et l'ait abandonné. En somme, il est un être qui ne se distingue des autres que par son crime, mais qui doit endurer de nombreux tourments jusqu'à l'ultime atteinte physique portée contre lui.

Ainsi, l'auteur nous interroge : la justice peut-elle par conséquent se permettre de tuer (car c'est bien de cela qu'il s'agit) un homme, alors qu'elle en condamne d'autres pour le même crime ? La société peut-elle encore nier bien longtemps que les condamnés se meurent lentement et atrocement dans les prisons, quelle que soit la vitesse à laquelle le couperet s'abat sur leur tête ? Hugo répond par la négative : il est urgent de prendre en considération l'humanité des condamnés à mort et de repenser en profondeur la peine qui leur est infligée.

Sur les traces d'illustres condamnés

Dans Le Dernier Jour d'un condamné, Victor Hugo n'hésite pas à citer çà et là de nombreux criminels réellement exécutés au fil de l'histoire de France pour des actes qui n'ont même parfois pas fait de victime, dont Louis Poulain (exécuté en 1817 à l'âge de 39 ans pour avoir tenté de tuer sa femme) et Pierre-Louis Martin (guillotiné en 1820 après avoir tiré sur son père sans l'atteindre).

Trois autres cas sont également cités à plusieurs reprises dans le roman, de sorte que le protagoniste, fictif, nous semble sans cesse évoluer sur les traces de ces condamnés plus ou moins illustres, mais en tout cas bien réels. Ainsi, les noms de Papavoine (exécuté pour un double homicide en 1825) et de Bories (l'un des sergents du 45e régiment d'infanterie de La Rochelle, en Charente-Maritime, guillotiné en 1825 pour une supposée conspiration contre la Restauration) sont les premiers que le condamné découvre sur les murs de son cachot ; celui de Castaing (médecin guillotiné en 1823 après avoir empoisonné les frères Ballet) est découvert un peu plus tard, sous une énorme toile d'araignée. Le condamné a l'idée de passer en revue toutes ces inscriptions murales. Il se souvient clairement de certains d'entre eux, et c'est seulement une fois son examen terminé qu'il réalise ce que ces noms signifient :

> « Voilà, me disais-je, et un frisson de fièvre me montait dans les reins, voilà quels ont été avant moi les hôtes de cette cellule. C'est ici, sur la même dalle où je suis, qu'ils ont pensé

En réalisant que de nombreux condamnés ont fréquenté le
même cachot que lui, il comprend qu'il va suivre le même
parcours qu'eux : les murs de Bicêtre ne sont ainsi que la
première étape du chemin que chacun a pris – car tous sont
logés à la même enseigne, quoique certains aient commis
des actes qu'il juge lui-même plus ou moins graves que
le sien – et qui mène à la guillotine. Pour le narrateur, la
conclusion est donc évidente : il est quelque part déjà mort,
enfermé dans ce qu'il désigne comme un sépulcre, une
tombe, et ce n'est plus qu'une question de temps avant que
le couperet s'abatte sur lui.

Puis ces différents noms ressurgissent au fil de son parcours.
Ainsi, sur le chemin de la Conciergerie, l'huissier qui l'accompagne s'autorise à lui faire quelques reproches, sous couvert
d'une comparaison avec ses prédécesseurs :

C'est donc tout au long de ses six dernières semaines que
le condamné est comparé à ses illustres prédécesseurs. À
chaque pas, chaque étape de son périple, le protagoniste du

roman est associé aux criminels qui ont défrayé la chronique au début du XIXe siècle ; et de fait, en ancrant son récit dans la réalité de son siècle, c'est bien sur le sort que ses contemporains réservent à tous ces misérables que Victor Hugo entend attirer l'attention de ses lecteurs !

De Bicêtre à la place de Grève

En outre, du verdict à l'exécution, Victor Hugo situe son personnage dans les endroits exacts que traversent alors les condamnés à mort. Il passe ainsi la fin de sa vie dans trois lieux distincts qui ont réellement existé, et dont les descriptions renseignent en quelque sorte le lecteur sur l'envers du décor et sur les ultimes tourments des condamnés :

- **Bicêtre** (chapitres I à XXI). À l'issue de son procès, le condamné y découvre le quotidien avec les autres détenus ; c'est aussi là qu'il apprend l'heure de son exécution. L'endroit est tout à fait conforme au lieu réel : y coexistent une prison et un hospice (dont le condamné voit brièvement l'enseigne au moment de quitter le bâtiment), et les bagnards y passent avant de gagner Toulon. Le condamné y est souvent seul, dans un endroit qui s'apparente en fait déjà à une tombe : sa cellule n'ayant pas de fenêtre, il semble déjà « enterré » entre quatre murs ;
- **La Conciergerie** (chapitres XXII à XLVII). C'est là, au cœur de Paris (et dans le Palais de justice), qu'étaient transférés les condamnés dans l'attente de leur comparution ou de leur exécution. Cela en faisait leur dernier lieu de vie, avant d'être emmenés sur la place de Grève. Si l'apparence extérieure du bâtiment n'est pas détaillée, le roman s'attarde sur les quelques lieux visités par le condamné,

c'est-à-dire le petit cabinet où il converse avec le second
« friauche » (le condamné à mort en argot), puis une
petite cellule avec une fenêtre pourvue de nombreux
barreaux (cette même cellule où Marie vient le voir). C'est
là qu'il rencontre le plus de personnages, mais c'est aussi
là où sa souffrance est la plus exacerbée ;

- **L'hôtel de ville de Paris** (chapitres XLVIII et XLIX). Le
condamné y est brièvement amené afin qu'on le prépare
pour l'exécution. À l'instar de Bicêtre, l'hôtel de ville est
d'emblée qualifié « [d']édifice sinistre » (p. 117). Il est
décrit comme usé, sombre et lugubre, bien que l'horloge
ornant sa façade reste lumineuse le soir. Le condamné n'y
passe que peu de temps, puisqu'on y vient immédiatement le chercher pour l'emmener sur l'échafaud.

Puis le condamné est conduit sur la place de Grève, lieu
des exécutions par guillotine depuis 1792, rebaptisée place
de l'Hôtel-de-Ville à partir de 1803. Cet endroit est déjà
connu des lecteurs contemporains, puisque l'auteur les
accuse de s'y masser pour assister au macabre spectacle
des exécutions : en d'autres termes, réalité et fiction se
rencontrent ici, de sorte que le lecteur est confronté à sa
propre responsabilité. Et c'est toute la force du réquisitoire
de Victor Hugo.

UN JOURNAL DES SOUFFRANCES

L'un des principaux traits du romantisme (voir ci-dessus
« L'œuvre en contexte ») est cet accent mis sur le « moi »,
une instance qui se substitue au sujet « classique », et dont
les auteurs romantiques sondent attentivement chaque

état d'âme, afin de mieux explorer la complexité d'un être humain dont la pensée n'est jamais tout à fait univoque : « Ainsi, à l'honnête homme parfait et satisfait d'un sort qui le transcende, se substitue un être divers, complexe, révolté contre le monde [...] ou contre la société [...] ; un être en proie au déséquilibre constant. » (« Le romantisme en littérature », in *Encyclopédie Larousse*)

En d'autres termes, c'est l'expression du sentiment qui prime, y compris – voire surtout – lorsqu'il est contradictoire. Dans *Le Dernier Jour d'un condamné*, le narrateur est indigné par la société qui l'entoure et veut le voir mourir d'une façon si cruelle. Quasi certain qu'il va être exécuté – quoiqu'il ne connaisse d'abord ni la date ni l'heure exactes de sa mise à mort –, le condamné est voué à endurer sa souffrance en silence. Mais dès lors qu'il prend la plume, dissèque et décrit scrupuleusement les mouvements de son âme au fil des épreuves physiques et psychologiques qu'il affronte, il se révolte. Il n'a qu'un seul sujet : lui même. « Si tout, autour de moi, est monotone et décoloré, n'y a-t-il pas en moi une tempête, une lutte, une tragédie ? », écrit-il (p. 51). Et dès lors, au fil des pages de ce singulier journal, c'est à travers son monologue que s'exprime tout l'argumentaire de Victor Hugo et sa condamnation de la peine de mort.

Le principal objet de ses réflexions est la souffrance psycho-logique qui l'agite depuis qu'il a appris sa condamnation. C'est quand il commence à écrire que les premières angoisses surviennent : tenir un journal servira-t-il à quelque chose ? Qui le lira ? Qu'adviendra-t-il de sa famille ? Que subsiste-ra-t-il de lui après sa mort ? Puis, c'est suite à son séjour à l'infirmerie – où il a été emmené après s'être évanoui – que l'espoir renaît brièvement. Il imagine pouvoir s'évader, avant d'estimer qu'on le reprendrait aussitôt. Le vague souvenir d'être déjà venu à Bicêtre étant enfant s'impose soudain à lui, sans raison ni logique : c'est l'un de ces moments où souffrance, anxiété et réminiscences s'entremêlent dans son esprit. Le monologue intérieur – ce flux ininterrompu et alogique des pensées – exprime alors le chaos qui habite le condamné.

Plus tard, quand il comprend que le jour de son exécution est venu, son trouble s'accroît. Il peut alors passer par plusieurs registres émotionnels différents dans le même chapitre et distille de plus en plus de souvenirs (ses amours avec Pepa, la visite de Notre-Dame dans son enfance, etc.), comme s'il tentait de réchapper à son présent en se réfugiant dans son passé. Il commence également à exprimer sa colère de manière plus violente, s'énervant contre le « friauche » qui lui laisse sa veste immonde ou se fâchant contre la foule.

Plus que l'anxiété, c'est la panique qui commence à le gou-verner : il ne peut se figurer exactement quelle souffrance physique entraînera la guillotine, ni ce qui arrivera à Marie après sa mort. La peur de l'inconnu l'étreint et l'empêche de garder sa pleine capacité de raisonnement : tantôt il ne sait comment échapper à la mort, tantôt il s'y résigne. Le chaos l'habite de plus en plus, jusqu'au coup de grâce que constitue la visite de Marie. Après cela, le condamné s'éteint progressivement, seulement ranimé par un bref et ultime sursaut d'espoir, avant que le couperet ne lui ôte définiti-vement la vie.

Mais d'une manière plutôt paradoxale, le « je » qui s'exprime ici – et dont nous observons les moindres émois – est presque totalement anonyme. De fait, nous connaissons très peu d'éléments de sa vie, d'autant plus que le chapitre supposé raconter son histoire (XLVII) est vide. C'est que Victor Hugo, afin que son plaidoyer soit le plus efficace possible, a éliminé tout ce que le condamné pouvait avoir de spécifique ou d'anecdotique. Ainsi, en illustrant le cheminement – physique et psychologique – de ce personnage sans nom, il donne la possibilité à ses lecteurs de l'assimiler à n'importe quel prisonnier : son propos acquiert alors une portée universelle.

LE SPECTACLE DE LA MORT

Derrière les barreaux, la vie quotidienne est routinière et vide, au point que n'importe quel événement sortant de l'ordinaire est apte à distraire les détenus : « C'était en effet, pour un reclus solitaire, une bonne fortune qu'un spectacle, si odieux qu'il fût. » (p. 63) Parmi ces rares spectacles, il en est un qui est longuement conté dans le roman : celui du ferrement des forçats.

Sous le regard des autres détenus et de quelques quidams qui paient pour observer, on fait venir les prisonniers en partance pour le bagne, on les met aux fers, on les rase et on les amène à se déshabiller pour qu'ils revêtent leurs habits de voyage. Ils peuvent alors dîner et prendre patience jusqu'au lendemain, jour du départ vers leur triste destin.

Grâce à la faveur d'un guichetier, le condamné peut d'ailleurs exceptionnellement observer ce rituel depuis une autre cellule. Et bien qu'il le décrive comme une chose hideuse, il ne peut s'empêcher de le suivre à l'instar des autres prisonniers, avec un mélange de pitié et de curiosité. Ainsi, mis dans la position du spectateur, il est surpris quand tout à coup les forçats semblent le reconnaître. Il devient à son tour un spectacle pour ses camarades, qui se précipitent à sa rencontre dans une fureur mêlée de cordialité ; une scène tellement effrayante pour lui qu'il finit par s'évanouir, comme s'il prenait subitement conscience de son sort, du fait d'avoir été promu acteur principal d'une sinistre pièce. Dès cet instant, il se découvre livré au regard de tous, objet d'une triste mise en scène.

Car les condamnés deviennent le cœur du divertissement populaire sitôt qu'ils sont exhibés hors de leur cellule : au tribunal, dans la cour de la prison et finalement sur la place de Grève. Dans le rôle des spectateurs – parfois explicitement désignés comme tels –, nous retrouvons cette fois un peuple qui s'enthousiasme devant la mise à mort qui s'offre à son regard. En fait, dans *Le Dernier Jour d'un condamné*, ce que Victor Hugo souligne – et dénonce – c'est aussi combien ce long processus adopte toujours la forme spectaculaire.

Cela commence dès le procès, où les spectateurs assistent à « cette fantasmagorie des juges, des témoins, des avocats, des procureurs du Roi » (p. 41) et où, comme dans un spectacle de marionnettes, le narrateur se sent « le centre auquel se rattachaient les fils qui faisaient mouvoir toutes ces faces béantes et penchées » (p. 43). Plus tard, au gré des trajets, cette notion de spectacle s'exprime encore et encore, jusqu'à atteindre son paroxysme dans l'ultime voyage vers la place de Grève : ici, la foule a rendez-vous à une heure précise – l'exécution est d'ailleurs programmée et annoncée par des avis imprimés – et l'échafaud, surélevé, a été préparé telle une scène dans l'attente des acteurs du drame. Des marchands vont jusqu'à vendre des places à la dernière minute, tandis que les spectateurs saluent l'arrivée du condamné et des bourreaux (à Paris, c'est la famille Sanson, des bourreaux normands, qui procédait alors aux exécutions). Un mélange de cris de joie et de haine fuse, ajoutant encore à l'atrocité de ce divertissement sombre, sanglant et fatal.

Ainsi, adoptant le point de vue de celui qui tient la place de l'acteur principal, Victor Hugo tend à renforcer le sentiment de malaise que provoque cette mascarade populaire. Ce qu'il fustige ici, c'est le voyeurisme d'une société coupable de ne pas réagir ; une société qui non seulement ne réalise pas que les exécutions qu'elle s'évertue à autoriser et à regarder sont abominables, mais qui, en plus, les organise en un véritable spectacle et s'en délecte. C'est ce peuple, incapable d'agir pour abolir de telles pratiques, capable seulement de s'enthousiasmer tout au long du parcours du condamné, que Victor Hugo condamne sévèrement.

STYLE ET ÉCRITURE

UN STYLE FOISONNANT ET PERSUASIF

Dans *Le Dernier Jour d'un condamné*, l'argumentaire de Victor Hugo est soutenu au plan formel par un style foisonnant ; s'adressant tantôt à notre raison, tantôt à notre cœur, le romancier passe d'un registre à l'autre au fil de son récit :

- **le registre tragique**. Il prédomine dès lors que le protagoniste semble ne pouvoir échapper ni aux tourments ni à son destin : il s'achemine inéluctablement vers l'échafaud. Les champs lexicaux de l'impuissance, de la mort et de la souffrance sont omniprésents, inspirant la pitié et l'effroi au lecteur pour mieux le sensibiliser au sort du condamné ;
- **le registre ironique**. Le condamné fait parfois preuve de cynisme dans certaines situations et dans ses interactions avec les autres. À mesure que son malheur s'accroît, l'ironie qui est occasionnellement la sienne se teinte de tristesse. Ainsi, dans le chapitre XXXVIII, si ses douleurs physiques se font plus grandes, il n'a pourtant qu'une seule idée en tête : « Encore deux heures et quarante-cinq minutes, et je serai guéri. » (p. 118) Le couperet est maintenant désigné comme seul remède à ses maux. Soulignant la profonde détresse du condamné et l'absurdité de son sort, l'ironie revêt une véritable dimension critique ;
- **le registre lyrique**. Il se caractérise par le recours aux champs lexicaux des sentiments et des émotions, et par une ponctuation forte visant à exprimer les états d'âme

du narrateur : « Ah ! misérable, que vais-je devenir ? qu'est-ce qu'ils vont faire de moi ? » (p. 82) Ce registre vise à émouvoir le lecteur et lui permet d'entrer en empathie avec le protagoniste. Aussi le retrouve-t-on très souvent, en particulier dans les grands moments d'affliction du condamné : lorsqu'il réalise que le moment de son exécution est venu, mais aussi lors de l'annonce du verdict au tribunal, lors de la visite de Marie ou à son arrivée sur l'échafaud ;

- **le registre pathétique**. Il rehausse les effets du registre tragique en appuyant sur l'affectif et en multipliant aussi les exclamatives, les interrogatives et les interjections pour mieux impliquer le lecteur. De nombreuses questions sont ainsi formulées par le condamné et s'adressent directement au lecteur, invité à y réfléchir : « J'admets que je sois justement puni ; ces innocentes, qu'ont-elles fait ? » (p. 55) De tels procédés peuvent tendre à solliciter la compassion : le lecteur s'apitoie ici sur le sort de la mère, la femme et la fille du condamné, elles qui n'ont commis aucun crime, mais vont porter le poids de celui commis par leur fils, leur mari ou leur père.

En sus, de nombreuses figures de style, dont des comparaisons et des périphrases (pour qualifier la guillotine, la mort, la prison et ses détenus, la foule, etc.), étoffent et renforcent les effets de ces différents registres. Plusieurs lieux sont personnifiés : la prison (« Elle m'enferme dans ses murailles de granit, me cadenasse sous ses serrures de fer, et me surveille avec ses yeux de geôlier. », p. 82) ou l'hôtel de ville (« Les jours d'exécution, il vomit des gendarmes de toutes ses portes, et regarde le condamné avec toutes ses fenêtres. », p. 117), relais architecturaux et institutionnels de la société des hommes, deviennent tour à tour acteurs ou spectateurs du processus de mise à mort.

En outre, les figures d'amplification soulignent les épanchements lyriques du narrateur (« Je suis sorti de l'horrible anxiété où m'avait jeté la visite du directeur. », p. 82), tandis que Victor Hugo travaille minutieusement jusqu'à la structure de ses phrases pour exprimer les états d'âme de son personnage. C'est le cas ici, alors que le parallélisme de construction rend parfaitement la récente résignation du condamné : « Car, je l'avoue, j'espérais encore. Maintenant, Dieu merci, je n'espère plus. » (p. 82) Ainsi, Victor Hugo mobilise tous les moyens littéraires à sa disposition pour convaincre et persuader son lecteur du bien-fondé de son opinion.

L'ARGOT DES PRISONS

Près de deux siècles après la rédaction du *Dernier Jour d'un condamné*, la langue de Victor Hugo nous reste étonnamment accessible, à l'exception de certaines expressions tirées de l'argot des prisons, langage exclusif des bagnards. C'est le cas, par exemple, au chapitre XXIII, lorsque le narrateur fait la connaissance d'un « friauche » – mot d'argot désignant un condamné à mort – avec lequel il échange sa veste, et qui lui conte son histoire dans ce jargon des cachots : « Mon père a épousé la veuve, moi je me retire à l'abbaye de Mont'-à-Regret » (p. 97), dit-il pour renvoyer successivement à la pendaison – « épouser la veuve » – et à la guillotine – « se retirer à l'abbaye de Mont'-à-Regret ».

Se décrivant tout d'abord comme un homme à l'esprit cultivé et fertile (« Autrefois [...] j'étais un homme comme un autre homme. Chaque jour, chaque heure, chaque minute avait son idée. Mon esprit, jeune et riche, était plein de fantaisies », p. 39), le narrateur s'adapte rapidement à son nouveau milieu, avant tout par sa manière de parler qui change au fil des jours passés en prison. De fait, dès les premières promenades dominicales, il sympathise avec certains détenus, qui lui enseignent leur langage : « Ils m'apprennent à parler argot, à *rouscailler bigorne*, comme ils disent. C'est toute une langue entée sur la langue générale comme une espèce d'excroissance hideuse, comme une verrue. » (p. 50) Ce patois des prisons s'exprime encore régulièrement par la suite, s'illustrant notamment au chapitre XVI, lorsqu'est retranscrite la chanson des bagnards : « C'est dans la rue du Mail/ Où j'ai été coltigé,/ Maluré,/ Par trois coquins de railles,/ Lirlonfa malurette,/ Sur mes sique' ont foncé,/ Lirlonfa maluré. » (p. 76)

Les sources sur lesquelles Victor Hugo semble s'être appuyé pour développer un tel langage sont multiples : de fait, il a abondamment puisé dans l'argot des voleurs et des criminels, mais aussi, parfois, dans d'autres jargons alors en usage à Paris. Dans *Les Misérables*, en particulier dans les pages qu'il consacre à l'étude de l'argot, le romancier revient d'ailleurs sur les multiples origines de ce jargon et sur l'usage qui en était alors fait à la prison Bicêtre : « Bicêtre, lorsqu'il était prison, conservait l'argot de Thunes. On y entendait la terminaison en anche des vieux thuneurs. Boyanches-tu (bois-tu ?) ? il croyanche (il croit). » (HUGO (Victor), *Les Misérables*, p. 326-327) Cela permet de spécifier un peu plus l'argot ici employé, puisque le « roi de Thunes » n'était nul autre que le roi des gueux à la Cour des miracles, c'est-à-dire celui ayant autorité sur tous les autres qui apprenaient l'argot au moment d'entrer dans le groupe. D'après Hugo, l'un d'entre eux est passé par Bicêtre, où il aurait laissé un message sur le mur de son cachot avant d'être envoyé aux galères.

Pour l'auteur, il était impossible de se passer de cet aspect linguistique, indispensable à sa description de l'univers carcéral. De fait, dans *Le Dernier Jour d'un condamné*, le recours à cet argot vient en quelque sorte contribuer à la recherche de la « couleur locale » – préconisée par ailleurs dans la préface de *Cromwell* –, c'est-à-dire à la caractérisation de ce milieu sordide qu'est l'univers carcéral : « On dirait des crapauds et des araignées. Quand on entend parler cette langue, cela fait l'effet de quelque chose de sale et de poudreux, d'une liasse de haillons que l'on secouerait devant vous. » (p. 50) Recourir ici à l'argot, ce n'est pas seulement mettre à nu les pensées des détenus qui expriment leur ressenti sans détour, c'est aussi et surtout employer la langue de la misère. Une langue qu'adopte le narrateur au contact des autres prisonniers et que, dans son roman, Victor Hugo recrée telle que le narrateur aurait pu l'utiliser s'il avait réellement décidé de conter ses dernières semaines.

LA STRUCTURE DU ROMAN

Le roman est divisé en 49 chapitres de longueurs très inégales : parfois réduits à quelques lignes, ils peuvent aussi s'étirer sur plusieurs pages. Beaucoup délivrent des

instantanés de la vie carcérale et, si la plupart sont entièrement consacrés à l'exploration des états âme du condamné,
quatre sont exclusivement dédiés à la description des lieux
que celui-ci découvre – l'extérieur de Bicêtre (chapitre IV),
son cachot (chapitre X), la place de Grève (chapitre XXVIII)
et l'hôtel de ville (chapitre XXXVII) ; d'autres encore (notamment les chapitres II et XXVIII) relatent les souvenirs du
condamné ressassant son passé.

Au chapitre XLIX, *Le Dernier Jour d'un condamné* se referme
sur une phrase laissée en suspens – « Ah ! les misérables ! il
me semble qu'on monte l'escalier… » – et sur une note très
brusque, écrite en lettres capitales : « QUATRE HEURES. »
(p. 140) C'est l'heure à laquelle le bourreau remplit son
office, l'heure à laquelle le couperet s'abat sur le narrateur ;
le flux de pensées qui constituait le matériau du roman
s'interrompt, et l'œuvre s'achève brutalement. Nul besoin
pour l'auteur de prolonger son récit au-delà de l'exécution,
car son argumentaire est clos et tout a déjà été dit.

Dans *Le Dernier Jour d'un condamné*, il n'est pas rare que l'auteur du journal s'exprime à bâtons rompus et saute d'une
idée à une autre. Il peut par exemple évoquer sa famille, puis
passer sans transition à la description de son cachot. D'une
manière générale, la chronologie des événements est cependant respectée, quoique le matériau des souvenirs (celui du
procès, celui de Pepa, etc.) s'immisce parfois dans le récit, et
quoiqu'on relève aussi quelques ellipses épisodiques, au gré
des déplacements du condamné. Mais les lieux et contenus
de chacun des chapitres sont finalement très différents.

Il règne ici une forme de désordre et d'urgence dans la manière d'écrire du condamné : il ne se préoccupe pas (ou peu) de l'organisation de son récit, écrit ce qu'il juge important à l'instant même où il le couche sur papier.

De plus, il commence seulement son récit depuis Bicêtre, alors que cinq semaines se sont déjà écoulées depuis l'annonce du verdict, ce qui contribue à renforcer le sentiment d'urgence. Puisqu'il ne lui reste plus beaucoup de temps, il faut aller vite et privilégier l'essentiel, quitte à négliger la structure. En d'autres termes, la forme chaotique du récit fait écho aux tourments du condamné dans ce moment aussi périlleux que précieux pour lui.

Parmi les nombreux chapitres de l'œuvre, le XLVII, extrêmement concis, a ceci de particulier qu'il prétend introduire un élément paratextuel (un commentaire éditorial) au sein même du roman :

> « MON HISTOIRE. *Note de l'éditeur.* – On n'a pu encore retrouver les feuillets qui se rattachaient à celui-ci. Peut-être, comme ceux qui suivent semblent l'indiquer, le condamné n'a-t-il pas eu le temps de les écrire. Il était tard quand cette pensée lui est venue. » (p. 130-131)

Ce chapitre est particulièrement troublant pour le lecteur. De fait, il est tout à fait probable que le condamné n'ait pas eu le temps de s'attarder sur son histoire, ou n'ait pas jugé pertinent d'en parler au vu du peu de temps dont il disposait. Ici, la frontière entre réalité et fiction s'amincit encore. Le lecteur s'interroge : s'agit-il d'un roman, inventé par un poète, ou au contraire d'un écrit autobiographique et authentique ? Victor Hugo entretient le doute, puisque la première préface du texte invite elle-même le lecteur à choisir entre ces deux possibilités.

LA RÉCEPTION DU *DERNIER JOUR D'UN CONDAMNÉ*

LE JEU DES PRÉFACES

En 1829, publié anonymement, l'ouvrage n'est encore précédé que d'une courte préface où Victor Hugo s'emploie à susciter le doute sur la nature de son livre : s'agit-il des dernières notes d'un condamné, ou des rêveries d'un poète ? Rien ne signale encore clairement le roman en tant que plaidoyer pour l'abolition de la peine de mort. Quelques semaines plus tard, lorsque l'écrivain y ajoute une saynète liminaire (« Une comédie à propos d'une tragédie ») pour défendre son texte, plusieurs critiques ont d'ores et déjà été adressées à l'encontre de son œuvre :

- d'une part, le langage argotique des prisonniers a parfois rebuté. D'ailleurs, dans *Les Misérables*, Victor Hugo revient sur la réception de son œuvre et fait la description suivante des réactions effarées qu'elle a pu susciter à sa parution : « Il y eut ébahissement et clameur. – Quoi ! comment ! l'argot ! Mais l'argot est affreux ! mais c'est la langue des chiourmes, du bagne, des prisons, de tout ce que la société a de plus abominable ! etc., etc., etc. » (HUGO (Victor), *Les Misérables*, p. 313) Et dans la saynète ironique de 1829, plusieurs personnages incarnent aussi ces détracteurs, offusqués tant par la langue que par le propos de ce roman qui dévoile la misère et la barbarie de son temps : « MADAME DE BLINVAL – En effet, c'est un livre abominable, un livre qui donne le cauchemar, un livre qui rend malade. » (p. 24) ;

- d'autre part est critiqué le manque d'efficacité – voire l'inefficacité totale – du plaidoyer hugolien. Deux principaux problèmes sont en effet soulevés : d'abord, l'anonymat quasi total du condamné rendrait son destin trop abstrait et empêcherait toute empathie ; ensuite, l'abondance de descriptions des horreurs vécues en prison donnerait un caractère morbide au roman sans toutefois accroître la force du réquisitoire. Jules Janin (écrivain et critique français, 1804-1874) dénonce par exemple « l'atroce vérité » du roman : « Figurez-vous une agonie de trois cents pages. » (*La Quotidienne*, 3 février 1829)

Sensible à ces critiques, Victor Hugo ne les prend pas pour autant pour argent comptant : de fait, sa préface théâtrale tend surtout à parodier ses détracteurs. Les personnages y représentent différentes couches de la société – aristocrates, politiciens, poètes, philosophes ou laquais – qui discutent vaguement du roman. Et quand ils finissent enfin par en venir à ce sujet, ils rejettent l'œuvre avec dégoût et horreur. Ils ont bien conscience de la dégradation de la société, mais ne veulent pas ternir leur soirée en évoquant ce roman qui décrit une réalité aussi crue. Ils sont donc le reflet d'une société qui sait quels sont ses problèmes, mais est encore incapable de s'y confronter directement : « LE MONSIEUR MAIGRE – Maintenant on veut abolir la peine de mort, et pour cela on fait des romans cruels, immoraux et de mauvais goût, *Le Dernier Jour d'un condamné*, que sais-je ? » (p. 37)

Il faut encore attendre l'année 1832 pour qu'une préface plus longue vienne clarifier les positions de Victor Hugo sur divers points et confirmer le roman dans sa nature de réquisitoire.

POSTÉRITÉ POLITIQUE ET ARTISTIQUE

Le Dernier Jour d'un condamné a progressivement gagné ses lettres de noblesse pour devenir une œuvre emblématique de la lutte pour l'abolition. Déjà, la longue préface de 1832 renforce la portée critique du roman à grand renfort d'exemples sanglants et de piques assassines, dans l'espoir que l'abolition finisse par devenir un sujet digne d'être discuté sur la scène politique. Sans doute son impact aurait-il aussi été moindre sans la publication de *Claude Gueux*, cinq ans plus tard (1834), et sans l'engagement de son auteur sur la scène politique. Car en effet, Victor Hugo s'est battu pendant des années pour que ces deux romans ne restent pas lettre morte et pour imposer ses idées abolitionnistes : le 15 septembre 1848, il prononce d'ailleurs son célèbre discours devant l'Assemblée, exhortant à l'éveil des consciences.

En 1981, Hugo est encore cité dans le discours de Robert Badinter, proclamé peu avant l'abolition de la peine de mort en France :

> « C'est de France, c'est de cette enceinte, souvent, que se sont levées les plus grandes voix, celles qui ont résonné le plus haut et le plus loin dans la conscience humaine, celles qui ont soutenu, avec le plus d'éloquence la cause de l'abolition. Vous avez, fort justement, monsieur Forni [Raymond Forni, rapporteur de la loi sur l'abolition, 1941-2008], rappelé Hugo, j'y ajouterai, parmi les écrivains, Camus [écrivain,

philosophe et essayiste français, 1913-1960]. » (« L'abolition de la peine de mort », 17 septembre 1981)

L'œuvre de Victor Hugo est également passée à la postérité dans le champ artistique et littéraire, où son propos universel est régulièrement actualisé (en bande dessinée, à l'opéra, etc.) pour rappeler au public que la peine de mort reste un enjeu de société crucial. Peut-être en raison de la brièveté du roman, on compte surtout des adaptations théâtrales dont le fond ne change guère, puisqu'il s'agit toujours d'y protester contre la peine de mort. Cette dernière, bien qu'abolie en France, est toujours en vigueur dans de nombreux pays et fait encore fréquemment parler d'elle.

L'une des adaptations notables du roman (mise en scène par François Bourcier) a d'ailleurs d'abord été présentée dans le cadre du quatrième Congrès mondial contre la peine de mort en 2010, avant d'être jouée au Festival d'Avignon, quelques mois plus tard. Plus récemment (2015), la mise en scène proposée par la compagnie L'Embellie Turquoise – *Le Dernier Jour d'un(e) condamné(e)* – a adopté un point de vue inédit : gommant les marqueurs temporels afin de renforcer l'universalité du propos, elle choisit aussi de donner la parole à une femme. Elle signifie ainsi que la peine de mort peut concerner n'importe qui, homme ou femme de tout temps, et que le propos de Victor Hugo est toujours d'actualité près de 200 ans après la parution de son livre.

Votre avis nous intéresse !
Laissez un commentaire sur le site de votre librairie en ligne
et partagez vos coups de cœur sur les réseaux sociaux !

BIBLIOGRAPHIE

SOURCES BIBLIOGRAPHIQUES

- ALBOIZE DE PUJOL (Jules-Édouard) et MAQUET (Auguste), *Les Prisons de l'Europe*, Paris, Administration de librairie, tome 1, 1845.
- DIGNE-MATZ (Jeanne), *Commentaire de texte. Le Dernier Jour d'un condamné : préface de 1832*, Bruxelles, Lemaitre Publishing, 2014.
- HUGO (Victor), *Le Dernier Jour d'un condamné*, Paris, Gallimard, 2017.
- PARENT (Yvette), « L'Emploi de l'argot dans *Le Dernier Jour d'un condamné* », communication au Groupe Hugo, le 8 février 2003, consulté le 22 mars 2017, http://groupugo.div.jussieu.fr/groupugo/doc/03-02-08Parent.pdf
- SAINT-JARRE (Chantal), *Le Dernier Jour d'un condamné*, Montréal, Beauchemin/Chenelière Éducation, 2007.

SOURCES COMPLÉMENTAIRES

- DI FOLCO (Philippe) et STAVRIDÈS (Yves), *Criminels : histoires vraies*, Paris, Perrin/Sonatine, 2014.
- « Discours de Robert Badinter sur l'abolition de la peine de mort (1/2) », in *ina.fr*, consulté le 22 mars 2017, http://http://www.ina.fr/video/I00004544
- HUGO (Victor), *Les Misérables*, Paris, Gallimard, tome II, 1999.
- HUGO (Victor), *Claude Gueux*, Paris, Gallimard, 2015.
- « Le romantisme en littérature », in *Encyclopédie Larousse*, consulté le 22 mars 2017, http://

- www.larousse.fr/encyclopedie/divers/le_romantisme_en_litt%C3%A9rature/185879
- « Les Combats de Victor Hugo », in *expositions.bnf.fr*, consulté le 22 mars 2017, http://expositions.bnf.fr/hugo/arret/ind_engag.htm
- MAUDOUX (Marie-Hélène), *Questionnaire de lecture. Le Dernier Jour d'un condamné*, Bruxelles, Lemaitre Publishing, 2014.
- « Victor Hugo : abolition de la peine de mort (15 septembre 1848) », in *Assemblée-nationale.fr*, consulté le 22mars2017, http://www2.assemblee-nationale.fr/decouvrir-l-assemblee/histoire/grands-moments-d-eloquence/victor-hugo-15-septembre-1848

ADAPTATIONS

Bande dessinée

- GROS (Stanislas), *Le Dernier Jour d'un condamné*, Paris, Delcourt, 2007.

Cinéma

- *Le Dernier Jour d'un condamné*, film de Jean-Michel Mongrédien, avec François-Xavier Vassard, France, 1985.
- *Le Dernier Jour d'un condamné*, film de Michel Andrieu, avec Aymeric Demarigny, France, 2002.

Opéra

- *Le Dernier Jour d'un condamné*, opéra de David, Frederico et Roberto Alagna, France, 2007.

Théâtre

- *Le Dernier Jour d'un condamné*, mise en scène de François Boursier, avec David Lesné, France, 2010.
- *Le Dernier Jour d'un condamné*, mise en scène d'André Valverde, avec Ulrich Vautrin Césaréo et Jean-Marc Albert, France, 2012.
- *Le Dernier Jour d'un condamné*, mise en scène de Nathalie Nowicki, avec Maxence Descamps (texte) et Jeff Piccardi (musique), France, 2012.
- *Le Dernier Jour d'un(e) condamné(e)*, mise en scène de Pascal Faber et Christophe Borie, avec Lucilla Sebastiani, France, 2016.

ICONOGRAPHIES

- Portrait de Victor Hugo, photographié en 1884 par Nadar. La photo reproduite est réputée libre de droits.
- La prison de Bicêtre, 1880. © Thomas Addis Emmet.
- *La Liberté guidant le peuple*, peinture de 1830 d'Eugène Delacroix qui commémore les « Trois Glorieuses ». Elle est aujourd'hui conservée au musée du Louvre à Paris. La photo reproduite est réputée libre de droits.

Découvrez
nos autres analyses sur

www.profil-litteraire.fr

Éditeur responsable : Lemaitre Publishing
Avenue de la Couronne 382 | BE-1050 Bruxelles
info@lemaitre-editions.com

ISBN ebook : 978-2-8062-7580-6
ISBN papier : 978-2-8062-7581-3
Dépôt légal : D/2017/12603/344
Couverture : © Lisiane Detaille.

Conception numérique : Primento,
le partenaire numérique des éditeurs.